AF453698

# LES QUATRE

# MÉTAMORPHOSES.

## POÈMES.

# AUX CRITIQUES.

« RIEN n'est plus téméraire que de vouloir juger des mœurs d'un
« homme par le plus ou moins de liberté qu'il se donne quelquefois en écri-
« vant ; sur-tout lorsque les auteurs ont pris soin d'éviter les termes gros-
« siers, et qui pouvaient choquer la bienséance ordinaire. L'antiquité nous
« a conservé des épigrammes de Platon qui passeraient aujourd'hui pour
« très-scandaleuses : cela n'a pas empêché que Platon n'ait été regardé dans
« tous les temps comme le plus sage des philosophes. On ne fait nulle
« difficulté de donner à traduire et à apprendre par cœur à la jeunesse les
« satyres de Perse, poète aussi recommandable par la douceur et par la
« chasteté de ses mœurs, que par la hardiesse et la liberté de sa plume.... »
Graves censeurs, cette citation littérale de Jean-Baptiste Rousseau vous
suffit-elle ? eh bien ! déridez vos chastes fronts, et dites indulgemment
avec Helvétius : « Tous les instans de la vie ne peuvent pas être sévères. »

# LES QUATRE MÉTAMORPHOSES.

## POÈMES.

A PARIS,

CHEZ LALOY, LIBRAIRE, PASSAGE FEYDEAU.

L'AN VII DE LA RÉPUBLIQUE.

« Minerve ! as-tu flétri ces maîtres du Parnasse
« Qui chantèrent des Dieux les plaisirs clandestins ?
« As-tu puni Phébus, que charmait leur audace,
« Et qui joignit son luth à leurs chants libertins?
« Parle : as-tu fait rougir l'antique Mnémosyne
« Consacrant Jupiter égaré par l'Amour ;
« L'affront d'Io, d'Europe, et l'impure origine
« Des frères immortels que Léda mit au jour ;
« Le difforme Centaure enlevant Déjanire ;
« Myrrha goûtant l'inceste au lit du vieux Cinyre ;
« Hermaphrodite épris de son sexe douteux ;
« Et Saturne en coursier hennissant pour Phillyre,
« Et le docte Chiron, monstre né de leurs feux ?
« Au chantre de Téos tu pardonnas Bathylle,
« Et le jeune Alexis au modeste Virgile,
« Qui de Pasiphaé plaint les troubles honteux *,
« Amante d'un amant qui paît sous les ombrages
« Et poursuit la génisse en de gras pâturages.
« Ton courroux, ô Déesse ! est-il si dangereux ?
    — « Non, me dis-tu : je hais cette âpre tyrannie
« Qui s'arme injustement d'hypocrites rigueurs ;

* Et fortunatam, si nunquam armenta fuissent,
  Pasiphaën nivei solatur amore juvenci :
  Ah! virgo infelix, quæ te dementia cepit! etc.
                    (Virg. *Eclog. VI*, v. 45.)

« Les transports de l'esprit n'accusent point les cœurs.
« Je ris des fictions où se plaît le génie.
« Des vers qu'il put dicter l'indiscrète harmonie,
« De Zoïles nombreux méritant les noirceurs,
« Par l'Envie et leur fiel est déja trop punie. »
Ainsi parle Minerve : elle fuit, et ma voix
Célèbre en liberté, sur les monts d'Aonie,
Bacchus, Amour, ses feux, ses erreurs et ses lois.

# DIANE,

## POÈME PREMIER.

Munere sic niveo lanæ ( si credere dignum est )
Pan, Deus Arcadiæ, captam te, Luna, fefellit,
In nemora alta vocans ; nec tu aspernata vocantem.
(VIRGIL. *Georg.* lib. III, v. 391.)


IRAI-JE d'une Muse invoquée en mes veilles
Outrager follement les pudiques oreilles?
Voudrait-elle avec moi chanter en vers badins
Le débat de Diane et du Dieu des jardins?
Osons, pour un moment, lui dérober sa lyre,
Et chantons sans secours, au gré de mon délire.

C'est le Dieu des jardins, c'est ce fils de Vénus
Qui vengea les Amours et leurs droits méconnus.
Du puissant Jupiter secondant la poursuite,
Il avait triomphé de Calisto séduite.
Cette Nymphe ignorait quel art industrieux ¹
Forme sous les fuseaux un tissu précieux;
Quel soin, quel choix divers assortit la parure.
Dès qu'un simple bandeau ceignait sa chevelure,
Qu'une agraffe attachait son court habit de lin;
Le carquois sur le dos, le cor et l'arc en main,
On la voyait, au fond des sauvages asyles,
Suivre d'un pied léger les cerfs, les daims agiles;

S'égarer dans ces bois, séjour des Aquilons ;
Gravir ces hauts sommets où des jeunes aiglons
Dorment les nids voisins du foudre et de la nue.
Diane souriait à sa grace ingénue.
Entre mille beautés, ornemens de sa cour,
La seule Calisto conquit tout son amour.
Inconstantes faveurs ! Calisto, que sans cesse
On vit marcher si fière auprès de la Déesse,
Guider ses chiens nombreux, animés par sa voix,
Courir et précéder ses Nymphes dans les bois ;
Pensive maintenant, triste, à l'ombre couchée,
La tête sur sa main, sur son carquois penchée,
Sans armes, et son arc à ses pieds détendu [2],
Seule, pleure en secret l'honneur qu'elle a perdu.

Aux rochers du Ménale enfin Diane arrive.
Une fraîche Naïade, épanchant une eau vive,
Y creusait un bassin, où, d'ombrages couverts,
Ses flots clairs et muets baignaient des saules verds.

De la chasse étalant les dépouilles sanglantes,
Diane rassemblait ses Nymphes triomphantes,
Prête à plonger dans l'onde, en ces lieux retirés,
De son corps immortel les appas ignorés.
Déja s'offre à ses yeux sa Calisto chérie.
La Nymphe, en la voyant, sort de sa réverie ;
Apperçue, elle tremble ; appelée, elle fuit [3].
Elle craint de trahir le remords qui la suit ;
Que d'un voile discret la chûte ne révèle
Le gage douloureux de sa honte nouvelle.
On l'arrête en sa course ; et pâle, et toute en pleurs,
Aux pieds de la Déesse exprimant ses douleurs :

« O Diane! ô des nuits immortelle lumière!
« De Calisto coupable écoute la prière.
« Je fus long-temps fidèle à tes divines lois;
« Et le seul Jupiter, dont la tonnante voix
« Fait trembler et l'Olympe et Neptune et la **Terre,**
« Put me ravir au joug de la pudeur austère.
« A mes regards lui-même eût paru sans attraits,
« Si pour mieux les séduire il n'eût choisi tes traits.
« Souviens-toi des faveurs dont tu m'as honorée,
« Et borne à mes remords ta vengeance sacrée. »
Suppliante, elle tombe embrassant ses genoux.


Les regards de Diane annoncent son courroux :
« Téméraire! à mes yeux épargne ta présence ;
« Va, fuis! c'est à Junon à combler ma vengeance.
« Des vierges de ma cour l'aimable pureté
« Rougit de ton affront que j'ai trop écouté.
« Fuis, et ne souille point cette onde révérée. »


La Nymphe, en soupirant, alla désespérée
Cacher dans les déserts le fruit de ses amours :
Vain exil, où Junon la poursuivit toujours.
Diane triomphait : mais qu'elle en fut punie !


Un innocent berger des monts de la Carie,
Qui de Phébé, dit-on, attira les faveurs,
Lui voua son printemps et ses jeunes ferveurs.
C'était Endymion : sa sévère rudesse
Fit long-temps de ses mœurs admirer la sagesse.


Dans une grotte obscure, inconnue au soleil,
Mollement enchaîné des liens du sommeil,

Endymion repose. Une limpide source
Charme ses sens émus du doux bruit de sa course.
Ses deux chiens vigilans gardaient ses blancs troupeaux.

Heureux berger! les vents respectaient son repos;
Les oiseaux près de lui n'osaient, de leurs ramages,
Troubler la paix des airs, égayer les feuillages;
Quand, fuyant les ardeurs du Dieu Faune et du jour,
Trois Nymphes de leurs jeux troublèrent ce séjour;
Et s'arrêtant soudain : « Oui, dit la blonde Olphée,
« Oui, c'est Endymion que nous livre Morphée;
« Ce berger si rebelle à la voix des plaisirs,
« Dont la pudeur farouche abjura les desirs,
« Que les lois de Diane ont su rendre insensible,
« Mortel aimable et fier, aussi beau qu'inflexible! »
A ces mots, elle, Aglaure et Doris, pas à pas,
S'approchant du berger, admirent ses appas.
L'une presse son cœur d'une main enflammée,
L'autre va respirer son haleine embaumée,
L'autre imprime en riant un baiser amoureux
Sur son front calme et pur, voilé de noirs cheveux :
De mille nœuds de fleurs sa taille est enlacée;
Vers lui de toutes parts la noisette est lancée;
Le feuillage arraché le couvre de débris.

Cependant le berger, agité par leurs cris,
Dans les bruyans éclats dont leur gaité s'amuse,
Reçoit d'un lent réveil la lumière confuse.
En fugitive image, à ses yeux entr'ouverts,
Des Nymphes qu'il entend les appas sont offerts.
Ses sens font reconnaître, à des preuves soudaines,
De quel fils de Vénus le feu brûle en ses veines;

Et la prompte rougeur de la belle Doris
Révèle ce qu'Olphée annonce par des ris.

Enfin Endymion se réveille : ô surprise !
Il les voit, mais sans trouble, et son œil les méprise.
« Ménades, laissez-moi, dit-il plein de courroux :
« C'est à l'impur Satyre à s'embraser pour vous.
« Cessez, le piége est vain ». Il achevait à peine,
Qu'il chassa ses troupeaux vers la forêt prochaine.

Les Nymphes en fureur coururent embrasser
L'autel du Dieu brûlant qu'il craignait d'encenser.
Soudain, à leur récit, Égipans et Dryades,
Bacchantes et Sylvains, et Faunes, et Naïades,
Invoquant la Vengeance : « O doux père des jeux !
« Toi qui soumets le monde à ton joug amoureux,
« Qui du fécond hymen rends la nature éprise,
« O Priape, confonds l'orgueil qui te méprise ! »

Le Dieu, qui les entend, sourit sur son autel,
Et, non content de vaincre un superbe mortel,
Vengera Calisto de son exil barbare.
Il atteste en courroux, non les sœurs du Tartare,
Non le Styx, et ses bords aux vivans inconnus,
Mais l'emblême enflammé des fureurs de Vénus.
C'est par lui qu'il promet que la fière Diane
En secret rougira de quelque ardeur profane,
Et que, pour triompher du chaste Endymion,
De monstrueux Amours vont troubler sa raison.

Hélas ! le malheureux en a-t-il bien l'usage ?
Consumé, tourmenté des forces de son âge,

Palpitant, distrait, sombre, il s'entretient tout bas
Des Nymphes dont sitôt il a fui les appas.
Il déteste l'orgueil de sa retraite prompte ;
Son front rougit d'amour, de desir et de honte.
A ses esprits en feu que d'objets rappelés !
Mille souples contours sous le lin recélés,
La blancheur d'un beau col éclatante à la vue ;
D'une taille d'Hébé la grâce demi-nue,
Leurs yeux, leurs cheveux d'or au vent abandonnés ;
Leur bouche, où respiraient les Desirs fortunés,
L'Amour, la folle Joie, et l'aimable Sourire ;
Tout poursuit sa pensée, et sa fierté soupire.

Un mal qui le dévore, un feu séditieux,
Décolore ses traits, charge et creuse ses yeux ;
Repos, sommeil, plaisirs, aussitôt l'abandonnent ;
Il penche un front rêveur, que les chagrins sillonnent ;
Il sèche, il se consume ; une morne langueur
Énerve, en l'accablant, sa robuste vigueur.]

Tel qu'un jeune taureau, dans sa force naissante,
Exhale, en s'agitant, sa fureur mugissante ;
Ou que, soufflant le feu de ses naseaux brûlans,
Un coursier porte au loin les ardeurs de ses flancs :
Tel il court transporté d'une fureur nouvelle.

Diane, tu frémis que ton berger fidèle,
Las des vertus qu'en lui tu te plus à former,
N'abjure les rigueurs que tu lui fais aimer.
La Nuit, qui sur tes pas semble s'être hâtée,
Étend son voile ; et toi, sur la nue argentée,
Pâle et belle, tu cours, évitant les témoins,
Revoir ce favori, que surveillent tes soins.

Entre un feuillage épais, ta divine lumière
Cherche ses yeux fermés d'une noire paupière;
Sur sa bouche entr'ouverte un rayon égaré
T'apprend qu'Amour l'agite, et qu'il a soupiré.
Combien de ce soupir la cause est criminelle!
Elle tremble en secret qu'il n'aime une autre qu'elle.
« Ah! l'ingrat! Emporté d'une infidèle ardeur,
« Trahirait-il un jour mes lois et la pudeur?
« Des lâches voluptés goûterait-il l'amorce?
« Ne l'abandonnons point : mon secours est sa force.
« Transformée à ses yeux sous un corps emprunté,
« Lui dérobant mes traits et ma divinité,
« Écartons sa jeunesse, en lui servant de guide,
« Des luttes de Bacchus, et des fêtes de Gnide. »

    Elle dit, et s'avance; et dès que de la Nuit
Le sombre char fit place à l'aube qui le suit,
La Déesse, changeant de port et de visage,
D'Amalthée au long poil prend la forme sauvage;
L'œil inquiet, la corne en arcs se recourbant,
La barbe en double tresse à ses genoux tombant.
Ce n'est pas toutefois sans alarmes cruelles
Qu'elle hasarde au jour ses nudités nouvelles;
Mais la pudeur lui dit qu'une molle toison
Oppose à l'œil humain sa discrète prison.

    Quand Phébus eut des monts doré les vastes cimes,
Prompte, agile, elle pend aux flancs des verds abîmes.
Endymion l'appelle; elle s'en applaudit,
Et devant le troupeau court, se joue et bondit.
Trompé, séduit au gré de son heureux manége,
De son corps éclatant il admire la neige;

Lui présente des fleurs, dépouilles des buissons;
La flatte, et la soumet à ses douces leçons.

Ainsi, dès que le jour remplaçait la nuit sombre,
Diane du troupeau venait croître le nombre:
Même tendresse était le prix des mêmes soins.
Aux révoltes des sens le berger cédait moins.
Habile à l'écarter des amoureux mystères,
Elle entraînait ses pas dans les bois solitaires,
En ces déserts lointains dont nos yeux attristés
Admirent, pleins d'effroi, les sauvages beautés.

L'impur Dieu, qui le suit au fond de cet asyle,
L'atteint, profane encor sa demeure tranquille;
Lui montre les troupeaux par l'Amour excités,
Des doux feux du printemps les béliers irrités,
Et les moineaux épris, avec pleine licence,
Prouvant dans leurs baisers et chantant sa puissance.

« Que te sert d'épuiser ta vie en ces langueurs?»
Lui dit-il: « orgueilleux de tes folles rigueurs,
« Si, toujours immolant tes plaisirs à la gloire,
« Tu crains au tendre hymen de céder la victoire,
« D'un honneur qui t'est cher prends un soin plus prudent,
« Et choisis de tes feux un muet confident. »
Il dit, au fond du cœur lui soufflant sa furie.

Diane bondissante accourt dans la prairie;
Tranquille, fortunée, elle est loin de prévoir
Les transports d'un amant qu'elle brûle de voir.
Aux lieux accoutumés, témoins de leurs tendresses,
Elle vient lui donner d'innocentes caresses....

Doux plaisirs, dont trop tard elle apprit le danger !
Perfide égarement ! ô fureur !... le berger,
En proie à tous les traits dont le feu le tourmente,
Approche, hésite, et fond sur sa timide amante.
D'un excès de pudeur bizarre trahison !
Qu'elle veuille échapper et quitter la toison,
L'Immortelle soudain est par lui reconnue !
Un homme la verra s'enfuir honteuse et nue !....
Pieds, cornes, tout est vain contre un bouillant desir
Qui, pour dernier affront, la contraint au plaisir.


Quand, punissant Phébus, la belle Cythérée,
Qu'il avait dans sa honte à tous les Dieux montrée,
Inventa pour sa fille un opprobre nouveau,
Ainsi Pasiphaé brûla pour un taureau.


Cependant un vieux bouc, échauffé de luxure,
Amusait ses regards de cette lutte impure [4].
Des bras d'Endymion la victime s'enfuit ;
Et l'insolent témoin lui-même la poursuit.
O honte ! de ses pieds redoublant la vîtesse,
Elle gravit les rocs, où le monstre la presse ;
Sur ces rocs il s'élance, et sa sauvage odeur
Annonce son approche et sa lascive ardeur.


Elle voit, en fuyant, Calisto désolée,
Calisto qu'elle avait autrefois exilée,
Qui n'eut jamais l'affront de fuir un tel amant.
D'une injuste rigueur ô juste châtiment !


Confuse d'être en proie aux feux du monstre énorme,
La chèvre enfin saisie avait quitté sa forme,

Et tout-à-coup parut à ses regards divins,
Non l'animal grossier, mais le Dieu des jardins.


« Appaise-toi, Diane, et sois moins consternée
« De l'utile leçon que ce jour t'a donnée.
« Sur ton Endymion quels furent tes succès?
« Sa chasteté forcée a produit ses excès.
« Jamais tu n'éteindras cette flamme féconde
« Qu'alluma la nature aux premiers jours du monde.
« Cesse de te flatter d'échapper seule aux fers
, « Qu'Amour, Vénus et moi, donnons à l'univers [5].
« La foule des plaisirs, à nos lois asservie,
« Épanche à flots brûlans les sources de la vie,
« Excite au doux hymen les fleurs, les végétaux,
« Au milieu de la nue enflamme les oiseaux :
« Je poursuis les lions accouplés dans mes chaînes,
« Le taureau qui mugit ses amours dans les plaines,
« L'onagre dont mes traits ont fécondé les flancs,
« Et les coursiers fougueux, et les monstres sifflans.
« Mon souffle embrase l'air, fait bouillonner les ondes ;
« Les habitans des bois, des monts, des mers profondes,
« Unis par le desir, par Vénus enfantés,
« Tout brûle, sous mon joug, du feu des voluptés.
« Rends-toi ; ne t'arme plus de rigueurs impuissantes,
« Et prodigue à l'Amour tes faveurs innocentes. »


On nous dit qu'à ces mots, lui jurant le secret,
Le Dieu reçut le prix de son serment discret ;
Qu'enfin Endymion devint époux et sage,
Et fit des plaisirs purs l'heureux apprentissage.

# NOTES

## DU POÈME PREMIER.

¹ Non erat hujus opus lanam mollire trahendo,
Nec positas variare comas, etc.   (Ovid. *Metam.* lib. II, fab. II.)

² Exuit hîc humero pharetram, lentosque retendit
Arcus, etc.                        (Ovid. *ibidem.*)

³      ..... Visamque vocat : clamata refugit.     (Ovid. *ibidem.*)

⁴ Novimus et qui te... transversa tuentibus hircis,
Et quo, sed faciles Nymphæ risere, sacello.   (Virg. *Ecl.* III, v. 8.)

⁵ Imitation de Lucrèce, *De natura rerum,* chant premier :

Æneadum genitrix, Hominum Divûmque voluptas,
Alma Venus ! etc.

# BACCHUS,

## POÈME SECOND.

Μετα γὰ νεων ὁ Βακχος
Μεθυων ἀτακτα παιζει.
(ANACRÉON, ode 52.)

J'AI vu, ma voix l'atteste à la postérité,
Bacchus chantant son hymne en un bois écarté [1];
Ménades et Sylvains s'instruire à ses merveilles;
Faunes aux pieds de bouc redresser leurs oreilles.

Évoé! quel transport d'alégresse et d'effroi
Fait tressaillir mon sein et mon cœur plein de toi!
Joyeux Bacchus, épargne, épargne à ma faiblesse
Du thyrse redouté l'atteinte vengeresse.
Que je puisse à loisir chanter ton nom divin,
Les ruisseaux d'un lait pur, et les sources du vin,
Et les trésors du miel, larcin fait aux Dryades,
Et les emportemens des fougueuses Thyades!

Venu des bords du Gange, où son char conquérant
Porta ses lois, son culte et sa gloire en courant,
Bacchus veut dans Athène enseigner ses mystères.
Il fuit du Cithéron les rochers solitaires,
Qui, troublés par les cris des filles d'Agénor,
De hurlemens sacrés retentissent encor.

Palés, Faune et Priape, Égipans et Bacchantes,
Nymphes des eaux, des bois, Satyres, Corybantes,
Les flambeaux, ou le thyrse, ou la coupe à la main,
De leur foule bruyante inondent le chemin.

Les uns mêlent leurs cris aux chansons phrygiennes,
Et la flûte sonore aux danses lydiennes;
D'autres frappent les airs et les monts reculés
Du son des chalumeaux à leur haleine enflés.
Là, du Céphise au loin s'ébranle le rivage
Aux longs accens aigus que pousse un cor sauvage,
Et des cercles d'airain sous les coups résonnans,
Le bruit se fait entendre à mille échos tonnans.

Là, folâtre une Nymphe, elle court et lutine
De cent Amours rians une troupe enfantine;
Ils trempent tour à tour leurs flèches dans le vin.

Ici, de pampres verds se couronne un Sylvain.
Plus loin, en se roulant, la Ménade enivrée
Montre de doux appas sous une peau tigrée
Qui revêt son épaule et flotte au gré des vents,
Cachant ses ongles d'or en de longs plis mouvans.

L'onagre appesanti porte le vieux Silène;
A pas lourds et tardifs il descend dans la plaine.
Les Nymphes, enlaçant leurs thyrses en berceau,
Ombragent de son corps l'immobile fardeau.
De ses yeux incertains la flamme est presque éteinte;
Et les bourgeons vermeils dont sa figure est peinte,
En allument les traits doucement égayés
Par les vapeurs du vin où ses sens sont noyés.

Sur un char attelé de panthères agiles,
De lynx obéissans et de tigres dociles,
Monstres que de Bacchus les charmes ont soumis,
Le Dieu guide l'Amour, le Plaisir et les Ris.
Le lierre, sur son front, en guirlandes sacrées,
Joint sa feuille ondoyante à des grappes dorées ;
Il boit le doux nectar, et, dans un calme heureux,
Contemple en souriant son cortége nombreux.

« Vous, qu'en son vol rapide entraîne la Victoire,
« Hommes et Demi-dieux, compagnons de ma gloire,
« Annoncez mes bienfaits aux Grecs assujettis,
« Dans ces murs que Minerve et Neptune ont bâtis :
« Immortelle cité, dont la splendeur naissante
« Promet tant de grands noms à sa Clio puissante ;
« Athène, asyle heureux des vertus et des arts,
« Où se forgent les traits d'Apollon et de Mars.
« Courez, faites mugir ses palais, ses portiques [2].
« Que son peuple aux transports des chants dithyrambiques
« Réponde par les cris d'une sainte fureur.
« Triomphez par les jeux, et non par la terreur.
« N'allumez dans ses murs que la torche des fêtes.
« Que Vénus et ses fils proclament nos conquêtes,
« Et que par mille échos soit au loin renvoyé
« Le nom du Dieu Bacchus et le cri d'Évoé ! »

Il dit : son char s'arrête ; et des vierges craintives,
Tendres fleurs qu'Ilissus vit naître sur ses rives,
Et qu'Athène enfermait dans ses murs florissans,
De son roi Pandion apportent les présens.

De ces jeunes beautés qui marchent en silence,
Vers l'aimable Bacchus la plus belle s'avance.

C'est la fille d'Icare, Érigone, qu'Amour
Doit au joug du vainqueur enchaîner sans retour.

La Pudeur fait briller, en tous ses traits modestes,
L'éclat pur de son teint sous des roses célestes,
Et sa virginité, frêle et rare trésor,
Aux yeux de ses amans l'enorgueillit encor.

Elle approche en tremblant, offre au Dieu son hommage:
Un sceptre, un vase d'or, industrieux ouvrage,
A Vulcain autrefois par Cécrops enlevé.

Sur le riche métal son art n'a point gravé [3]
La faux du vieux Saturne, ou le Dieu de la guerre,
Les Pléiades versant leurs urnes sur la terre,
Ni le cours orageux de mille astres errans;
Mais les combats de Gnide, et ses jeux différens,
Et, sous les pampres verds d'une treille fleurie,
La Ménade livrée à sa douce furie,
Et, sous l'asyle épais de feuillages touffus,
De deux amans cachés les seuls pieds apperçus,
Et Vénus endormie, et l'Amour, et les danses
Que la flûte champêtre anime à ses cadences.

Bacchus reçut le vase, et, d'Érigone épris,
Voulut que de ses dons un baiser fût le prix.
Elle baissa les yeux, et ses traits s'animèrent;
De son front virginal tous les lis s'enflammèrent.

Athène cependant voit en grouppes épars
Ses nombreux citoyens sortis de ses remparts.
Le sage Pandion, qui paraît à leur tête,
Vient présider lui-même aux pompes de la fête;

Lui-même, aux yeux des Grecs, sur les trépieds dorés,
Brûle en honneur du Dieu les parfums consacrés ;
Choisit dans ses troupeaux, jeune et riche espérance,
Un bouc, signe fécond d'amour et d'abondance ;
Le frappe de la hache, et le porte, luttant,
Aux autels, dont le feu le dévore à l'instant ;
Et de vin et de lait versant un doux mélange :
« Puissant fils de Sémèle, ô Dieu de la vendange !
« Viens étaler la pourpre et l'or de tes raisins.
« De tous soins dégagé, libre de noirs chagrins,
« L'homme chante l'ivresse où ton nectar le noie,
« Et respire l'audace, et l'amour, et la joie.
« Tu règnes au-delà des fleuves et des mers.
« C'est toi qui, t'égarant sur les sommets déserts [4],
« Des prêtresses en foule à ta suite hurlantes
« Enlaces les cheveux de couleuvres sifflantes.
« C'est toi, quand des géans l'orgueil ambitieux
« Menaça Jupiter et l'empire des cieux,
« Qui, lion rugissant, vainquis par ton courage
« Rhétus, que déchiraient tes ongles et ta rage.
« Ami des chants de paix et des cris belliqueux,
« Tu te plais dans la guerre et tu chéris les jeux ;
« Et lorsqu'au noir séjour, dont il garde l'entrée,
« Te reconnut Cerbère à ta corne dorée,
« Ses aboyantes voix grondèrent sans courroux,
« Et de sa triple langue il flatta tes genoux.
« Nos chants, nos saints transports, accueillent ta présence.
« Aimable Dieu, souris au peuple qui t'encense ;
« Qui remplit de ton nom les airs, les monts, les bois,
« Et célèbre, en buvant, tes combats et tes lois. »
Il dit. On entre en foule au sein d'un verd bocage.
Des ifs, de sombres pins, antique et vaste ombrage,

Des Nymphes des forêts temple mystérieux,
Ouvrent un sanctuaire au plus impur des Dieux.
Là, du fils de Bacchus est érigé l'emblême.

Là, se roule en fureur la Débauche au teint blême :
Prêtresse échevelée, une aride chaleur
A de son front vieilli dévoré la couleur.
L'œil creux et clignotant, la paupière embrasée,
De veilles, de transports et d'excès épuisée,
L'aiguillon douloureux d'incurables desirs
Ravage tous ses sens qu'irritent ses plaisirs.
Sa flamme se consume en des baisers avides.
La Licence sourit sur ses lèvres livides ;
L'Ivresse la conduit dans les banquets joyeux,
Où l'Insolence anime et son geste et ses yeux.

Là, soupire en secret la Volupté plus douce.
Là, reposent à l'ombre, au sein d'un lit de mousse,
Ses desirs paresseux, ses muettes langueurs.
Sa mollesse s'enivre à respirer des fleurs.
Son ame est, sur sa lèvre, à toute heure exhalée ;
De ses yeux enflammés la lumière est voilée.
Les Jeux entre leurs bras la bercent nuit et jour.
Fille de la Beauté, sœur du fidèle Amour,
Les Plaisirs emportés, enfans de l'Indolence,
Naissent dans ses regards, y meurent en silence.

Mais déja le vin coule et réveille les Ris.
La Folie est leur guide ; elle entraîne à grands cris,
En cercles voltigeans, les Danses turbulentes ;
Et, la torche à la main, mille folles Bacchantes,
L'œil ardent, le sein nu, tout en proie à leurs feux,
Égarent sur les monts leurs transports et leurs jeux.

Érigone paraît ; folâtre au milieu d'elles ;
Bondit à sauts légers, et ses pieds ont des ailes.
Tantôt graves et lents, tantôt vifs et pressés,
Ses pas se balançaient par les Grâces tracés.
Ses voiles se jouaient : ainsi le vent agile
Fait voler des guérets la dépouille fragile.

Où s'emporte Bacchus ? Il s'élance, elle fuit ;
Il l'atteint, elle échappe ; il revole et la suit.
Surprise, elle palpite et se dispute encore
A la main qui l'outrage, à l'œil qui la dévore.
Son désordre embellit son timide courroux.
Livre-t-elle son sein pour ravir ses genoux ?
Ses genoux sont trahis quand son sein se dérobe.
De ses voiles légers, de sa flottante robe,
Les larcins de l'audace alarment tous les plis :
Ils défendent en vain sa pudeur et ses lis.
Tantôt un prompt effort la soustrait à l'injure :
Tantôt elle s'irrite, et souvent le conjure.
Il la serre, il la presse, il l'entraîne et l'abat :
Elle crie, et se glisse, et se roule, et combat.
Mais tout-à-coup, du Dieu fuyant la main trompée,
Plus prompte qu'une biche à Céphale échappée,
Qu'assaillirent long-temps et les chiens et les traits,
Elle court et s'enfonce en d'épaisses forêts.

Un jeune enfant s'y joue, et de leurs voûtes sombres
La Dryade à ses jeux prête les vertes ombres ;
Il rit dans la fougère, et ses yeux pétillans
Sont des pleurs de la joie humides et brillans ;
Blond, charmant, coloré d'une flamme vermeille,
C'est l'Amour enivré par les fruits de la treille.

Les Nymphes sur des fleurs le roulent en riant.

L'une d'elles, que presse un Faune impatient,
Seule, en un lieu secret où son amant l'implore,
Étanche en se pâmant la soif qui le dévore.
L'heureux Faune, courbant sa tête en ses genoux,
A peine de la coupe atteint les bords si doux,
Qu'enflammant son Hébé défaillante, égarée,
Sa lèvre ardente, avide, et sa langue altérée,
Puisent le doux nectar, source de ses plaisirs,
Qui l'abreuve à longs traits d'amour et de desirs.

Silène, au loin couché, dormait sous de vieux chênes [5].
Un nectar bu la veille avait enflé ses veines;
Sa couronne tombait pendante sur son sein;
L'anse d'un vase usé s'échappait de sa main.

Les Bacchantes dansant bientôt l'environnèrent;
De guirlandes leurs mains à l'envi l'enchaînèrent,
Et, troublant le sommeil à ses yeux dérobé,
Peignirent tous ses traits du noir sang de Thisbé.
Il les voit, et sourit à leur gaité folâtre.

« Belles Nymphes, dit-il, ah! que vos mains d'albâtre,
« Et de lierre et de fleurs ornent mes cheveux gris!
« Réveillez tous mes sens que Morphée a surpris.
« Quelquefois dans vos bras j'oubliai ma vieillesse. »

Il dit, et, secouant les pavots de l'ivresse,
Croit de ses vains desirs échauffer la tiédeur:
Mais d'un feu passager que peut la faible ardeur!
Telle que par instans une lampe épuisée
Jette un éclat qui meurt; telle sa flamme usée

Brille enfin pour Vénus, lasse d'un long effort.
Il se lève, et s'embrase : elle espère.... il s'endort.


Mais, fuyant de ces jeux l'importune folie,
Le jeune et beau Lysippe et sa chère Euchalie
Cherchaient des bords lointains, des vallons reculés,
Où leurs cœurs amoureux ne fussent point troublés.
Palpitans, et les mains l'un sur l'autre enlacées,
Ils égaraient leurs pas et leurs tendres pensées,
Et muets, et ravis, ils goûtaient à loisir
La douce volupté qui succède au plaisir.


La sensible Euchalie, à son amant fidèle,
Ne desire plus rien quand il est auprès d'elle :
Lui près d'elle se plaît aux plus sauvages lieux,
Et, loin de tous, il voit l'univers dans ses yeux.


« Ah ! lui disait la Nymphe, est-il un bien suprême
« Qui ne cède au bonheur d'un couple heureux qui s'aime ?
« Loin, loin de nous toujours ces amours profanés,
« A d'inconstans desirs sans frein abandonnés !
« Fuyons ces vils objets brûlant d'impures flammes,
« Qui prodiguent sans choix leurs plaisirs et leurs ames.
« Jaloux et de nous plaire, et de nous préférer,
« Partageons des douceurs qu'ils doivent ignorer.
« Ma pudeur, qui te fit ses premiers sacrifices,
« Ne connut que par toi l'Hymen et ses délices.....
— « Et moi, s'écria-t-il, que je meure soudain
« Plutôt qu'un autre feu s'allume dans ton sein ! »


Il frémit ; et déja son amante timide,
Levant sur lui des yeux pleins d'une ardeur humide,

A rassuré l'effroi de son cœur alarmé.

Qui vient troubler la paix de ce couple charmé?
Quelle affreuse Thyade apparaît et s'écrie?

Telle que des enfers s'élance une Furie,
Le front tout hérissé de serpens en fureur;
Telle, au loin promenant sa prophétique horreur,
Pâle, en proie aux transports du Dieu qui la tourmente,
L'œil roulant et terrible, et la bouche écumante:
« Courez, courez, dit-elle, à nos solennités!
« Craignez nos bras vengeurs, nos thyrses irrités,
« Malheureux!.... tous les Grecs s'empressent à la fête.
« Venez!.... Balancez-vous?.... pourquoi? qui vous arrête?
« Tremblez que ce refus n'outrage un Dieu jaloux.
« Oubliez-vous Lycurgue expirant sous nos coups;
« Thèbe fumante encor du meurtre de Penthée,
« Et sa mère portant sa tête ensanglantée?
« Redoutez les horreurs d'un semblable trépas.
« Au mont! au mont Hymète! accourez sur mes pas.
« Faunes, Pan! Évoé! Sylvains, troupe fidèle,
« Conduisons, entraînons cette Nymphe rebelle. »

Elle dit; et l'effroi glace les deux amans,
L'un pour l'autre alarmés de ses emportemens.
Lysippe veille et suit tous les pas d'Euchalie.
De quel éclat, Amour, tu l'avais embellie!
Que de charmes offerts aux regards étonnés!
Comme un pavot qui croît en des champs fortunés,
Lève sur les épis sa tête éblouissante;
Ainsi brille la fleur de sa beauté naissante.
Sous l'or de ses cheveux, flottans en liberté,
Rougit de son beau front la pudique fierté:

Ils ombragent son col, ses épaules d'albâtre.
Ses longs habits, jouets du Zéphyr idolâtre,
D'une agraffe arrêtés sur l'un de ses genoux,
Révèlent ses contours entre leurs plis jaloux.
Son cothurne, tissu de fleurs à peine écloses,
Laisse voir ses talons plus vermeils que les roses.

Sur sa trace accouraient les Sylvains amoureux.
On l'entoure, on lui verse un nectar dangereux ;
On veut qu'au Dieu Bacchus sa pudeur sacrifie.
Lysippe, au jus trompeur, lui-même se confie.
Déja les deux amans, que le thyrse a frappés,
S'écartent dans les bois, l'un à l'autre échappés.

Euchalie, à grands pas, fuit un ardent Satyre.
Une Nymphe retient Lysippe qu'elle attire:
Dircé, qui, jeune, belle, et portant le carquois,
Suit tour-à-tour Diane ou Vénus dans les bois.

Son front, coiffé des crins d'un monstre de Némée,
Est ombragé des dents dont sa gueule est armée,
Et leur ivoire affreux, leurs débris menacans,
Relèvent la douceur de ses yeux ravissans.

« Bois, lui dit la Ménade, à Bacchus, à Cybèle,
« A l'amant de Thétis, à la Phébé nouvelle !
« Bois aux jeunes beautés dont tes sens sont épris !
« Bois encore à moi-même, et trois fois à Cypris !
« Les Nymphes et Vénus aiment un triple hommage. »

Il s'abreuve, et ses yeux se couvrent d'un nuage.
Ainsi Penthée, ému par des transports nouveaux,
Voit une double Thèbe et deux soleils rivaux :

L'infidèle, en Dircé, voit une autre Euchalie.


Elle, qui pour Lysippe aurait donné sa vie,
Qui ne douta jamais de l'adorer toujours,
Qui n'osait alarmer ses jalouses amours,
Hélas!... en ce moment un Satyre farouche
Flétrit de ses baisers les roses de sa bouche.
Ses yeux d'un feu lascif irrités et brûlans,
Ses crins, ses pieds de bouc, et ses robustes flancs,
Profanent de la Nymphe et le sein et les charmes.


O Grâces, rougissez; Amours, versez des larmes:
Dans les affreux plaisirs qui trompèrent ses sens,
Elle a pressé le monstre en ses bras caressans.


Quels seront leurs regrets, lorsque, pleurant leurs crimes,
D'un honteux abandon misérables victimes,
Eux, qu'on voyait par-tout s'appeler, se chercher,
Pour jamais l'un à l'autre ils voudront se cacher!
Mais d'un si long amour ô penchant invincible!
Courroucés d'une injure à tous deux trop sensible,
Ils n'ont pu se priver du tourment de se voir.
L'Amour charme un instant leur cruel désespoir;
De leur hymen encore il veut serrer les chaînes....
Des feux empoisonnés bouillonnent dans leurs veines;
Ils repoussent loin d'eux les amères douceurs
D'infidèles baisers qu'ils arrosent de pleurs,
Et, pleins de souvenirs qui toujours les dévorent,
Brisent, en se fuyant, des liens qu'ils adorent.....


Cependant vous livrez mille tendres combats,
Faunes! la terre au loin retentit sous vos pas,

Et les Grâces en chœur, conduites par la danse,
De l'un et l'autre pied la frappent en cadence [6].


  Que devint Érigone ? en des lieux écartés
Elle fuyait Bacchus à pas précipités.
Elle s'arréte au seuil d'une grotte isolée :
Une source en jaillit, fuyant dans la vallée
Entre mille cailloux où babillent ses flots [7];
Asyle et de fraîcheur, et d'ombre, et de repos.
Ses rocs sont tapissés d'une vigne rampante
Qui défend son entrée, et s'élève, et serpente
En rameaux, en festons riches de pourpre et d'or.


  Fuis, Érigone ; fuis : Bacchus te suit encor.
C'est lui qui, te cachant un piége et son visage,
S'est revêtu d'écorce et couvert de feuillage.


  La Nymphe, qui l'ignore, à des Zéphyrs discrets
Croit, seule et sans péril, confier ses attraits.
Déja ses vêtemens, jetés sur la verdure,
Ont voltigé loin d'elle, et sa seule parure
Est le voile ondoyant de ses cheveux épars.
La treille insidieuse a tenté ses regards.
Imprudente ! elle court à ses fruits attirée,
Et, par sa prompte course et ses feux altérée,
S'abreuve à ses raisins, et pend à ses rameaux.


  Mais tel qu'on voit le lierre embrasser les ormeaux ;
Telle aussitôt la vigne, amante d'Érigone,
De ceps entrelacés l'enchaîne et l'environne.


  Elle veut rompre alors les invincibles nœuds
Dont la pressent par-tout les pampres amoureux ;

Et cédant aux liens où Bacchus la resserre,
Tour-à-tour elle pleure, et rit dans sa colère;
Et vaincue et pâmée, un obstacle plus doux
Entre les bras du Dieu captive son courroux.

# NOTES

## DU POÈME SECOND.

1 Bacchum in remotis carmina rupibus
Vidi docentem : credite, posteri !...

( Horat. lib. II, od. 19. )

2 Euripide, tragédie des *Bacchantes.*

3 Τον αξγυρον τορευσας, etc.　　( Anacréon, *od.* 17. )

4 Tu separatis uvidus in jugis, etc.

( Horat. lib. II, od. 19. )

5 . . . . . . . . . . . . . In antro
Silenum pueri somno videre jacentem.

( Virg. *Ecl.* VI, v. 13. )

6 　　Junctæque Nymphis Gratiæ decentes
Alterno terram quatiunt pede.

( Horat. lib. I, *od.* 4. )

7 . . . . . . . . Loquaces
Lymphæ.　　　( Horat. lib. III, *od.* 13. )

# JUPITER,

## POÈME TROISIÈME.

. . . . . . . . . Rapti Ganymedis honores.

(VIRG. *Æneid.* lib. I, v. 28.)

J E chante Jupiter épris de Ganymède.
Audacieux Pégase ! accours, vole à mon aide ;
Porte-moi dans l'Olympe, où les joyeux festins
Enivrent tous ces Dieux, maîtres de nos destins ;
Où le fils de Saturne, en d'amères querelles,
Brave Junon grondant ses amours infidèles.

Lasse de tant d'affronts dont gémit sa fierté,
Elle hait son hymen, et son lit déserté :
Sage à regret, ses sens, enflammés d'abstinence,
A son triste abandon conseillent la vengeance.

Elle a vu son époux sans frein dans ses plaisirs ;
La mugissante Io livrée à ses desirs ;
Europe entre ses bras par ses ruses surprise ;
L'or en pluie épanché pour la fille d'Acrise :
Trop vaine pour souiller d'un parjure odieux
Et l'épouse et la sœur du souverain des Dieux,
Brûlante, et dévorant son dépit solitaire,
Elle laisse tomber ses regards sur la terre.

Au limpide miroir d'une Nymphe des eaux,
Que n'osaient approcher les vents ni les troupeaux,
Que de Procné jamais n'effleura le passage,
Elle apperçoit Narcisse admirant son image.


Épris d'un vain fantôme, il tend vers lui les bras,
Brûle, pleure, languit pour ses propres appas,
Frappe l'air et les bois, troublés par son délire,
De soupirs, dont au loin la tendre Écho soupire.
La Déesse le voit, de desirs consumé,
Sécher, mourir du feu dans ses sens allumé.
« Quel est donc cet amour, cette flamme, dit-elle,
« Qui dévore sitôt la carrière mortelle?
« Pourquoi, pourquoi les Dieux, au-dessus du trépas,
« Des plaisirs dont tu meurs ne jouiraient-ils pas,
« Narcisse »? Elle se tait, et sa mélancolie
Laisse au hasard errer une main qu'elle oublie,
Et vers l'azur des cieux lève un regard troublé
Où brille un doux plaisir, de quelques pleurs voilé.


Au gré de ses langueurs les Heures trop hâtives
Appellent au festin les immortels convives.


Junon, interrompue, entend leur voix d'airain;
Se lève, et d'un réduit, ouvrage de Vulcain [1],
Ferme en secret sur soi la porte radieuse,
Dont son fils a forgé la clef mystérieuse,
Et dont nul autre Dieu ne connaît les ressorts.


D'une douce ambrosie elle baigne son corps;
Parfums de qui l'essence, en vapeurs exhalée,
Emplit l'air, et la terre, et la voûte étoilée.

Elle arrose à loisir ses plus secrets contours,
Refuge obscur et doux des folâtres amours,
Et de ses longs cheveux ondoyans autour d'elle
Tresse les boucles d'or sur sa tête immortelle.
Rival d'un soleil pur, son front, ceint de bandeaux,
Jette un éclat céleste; et cent riches anneaux
Au-dessus de ses flancs attachent sa ceinture,
Dont Minerve pour elle inventa la parure
Et de sa main divine a tissu l'ornement.
A ses oreilles brille un triple diamant,
Et le lien d'azur où ses pieds s'emprisonnent
Ajoute à la splendeur dont ses habits rayonnent.
Elle paraît; les Dieux en sont tous éblouis.

Mais Comus, déridant leurs fronts épanouis,
Marque déja leur place à la table céleste.

Jupiter s'est assis, et, soumis à son geste,
L'Olympe retentit de chants mélodieux,
Nobles amusemens des longs festins des Dieux.

Au bruit de ces accords, la vénérable troupe
De joie et de nectar s'enivre à pleine coupe.
Déja mille récits plaisamment ingénus
Ont fait rougir Minerve et sourire Vénus;
L'immortelle Vénus, dont la taille divine
Tour-à-tour se dérobe à l'œil qui la devine,
Et se trahit, au gré de voiles transparens.

Mars, qu'a blessé l'Amour de ses traits dévorans,
Mars, dont le cœur féroce est adouci par elle,
L'admire, et dans ses yeux un feu sombre étincelle.

Leur silence complice est leur seul entretien,
Et son genou pressant interroge le sien.


Des regards de Vénus la lumière adoucie,
D'un amoureux nuage est soudain obscurcie.


Junon a vu son trouble, et d'un souris moqueur
Dénonce leurs plaisirs, qu'elle envie en son cœur;
Et Vulcain offensé, que le dépit surmonte,
Veut des traits du sarcasme en vain armer sa honte.
Mercure l'interrompt, et mêle à leurs propos
Son babil enjoué qui pétille en bons mots:
Mais, sage dans ses jeux, modeste en sa licence,
Il sait de la folie habiller l'indécence.
Tel qu'un lin transparent cache à peine au desir
Ces charmes ombragés, retraite du plaisir;
Telle, épargnant toujours l'oreille menacée,
Sa gaité sous un voile enflammait la pensée.


Momus fait succéder en mille agiles tours
Le burlesque au plaisant, la grimace au discours,
Et livre aux ris malins la figure fantasque
Des sexes travestis qui parlent sous son masque.
Parmi les longs éclats de leur folle gaité,
C'est en vain qu'Apollon voulut être écouté:
Sans luth, sans voix, les ris éteignaient son délire;
Les Jeux, d'un pied folâtre, avaient brisé sa lyre.


De l'un à l'autre Dieu la prompte Hébé courant,
Leur verse tour-à-tour un breuvage enivrant.
Ils admirent son air, sa grace enchanteresse,
Et de tous ses appas l'immortelle jeunesse,

Dont sa robe, au travers de longs plis agités,
Laisse entrevoir au Jour les souples nudités.
Le sourire embellit les traits de son visage.
Elle va, court, revient; Bacchus à son passage
L'arrête, et l'œil en feu : « Verse-nous le nectar,
« Jusqu'à l'heure où Phébé, remontant sur son char,
« Ira de sa lumière argenter les nuages.
« O jus divin ! ô toi, le plus doux des breuvages !
« Source du fol oubli, d'amour et de plaisir,
« Coule, et que dans tes flots je me noye à loisir ! »

    Il dit; trois fois sa coupe est remplie et vidée :
Déja même sa main, par l'audace guidée,
De la taille d'Hébé veut presser la rondeur.....
Mais la fuite aux larcins dérobe sa pudeur.
Bacchus se lève, ému par une double ivresse;
Il court, il suit les pas de l'agile Déesse;
De la table céleste ils ont triplé le tour.
Moins prompt sur la colombe est le vol de l'autour.
Mais, ô scandale ! ô cris ! Hébé, qui se voit prise,
Tombe, laissant rouler son urne qui se brise.
Zéphyre fait voler sa robe, et trahissant
Les appas que surmonte un dos éblouissant,
Découvre à nu les lis de ses formes jumelles.
Non, l'œil des Dieux jamais ne vit deux sœurs plus belles !

    C'était alors qu'Homère, assis à ce repas,
Du rire inextinguible eût ouï les éclats !
Tout s'émut de plaisir, de honte et de colère.
« Que vois-je ? s'écria le maître du tonnerre :
« O le beau »…. Son délire, insultant à Junon,
De tant d'appas, sans elle, eût proféré le nom.

Minerve, qui sait lire au fond de sa pensée,
Se courrouce et des Dieux fuit la troupe insensée.


Quel charme te ravit, Diane? ton croissant
Rougit d'un feu soudain qui n'est pas innocent.
De tes Nymphes éprise, on sait que tes caprices
Des filles de Lesbos devinrent les délices.
Tu goûtes quelque joie au désordre d'Hébé;
Trop tôt ce doux spectacle à tes yeux dérobé,
De tes sens, qu'il éveille, a trompé la paresse.
Tant de trouble sied-il au cœur d'une Déesse!


Et toi, toi, jeune Hébé, confuse, l'œil en pleurs,
Tu caches de ton front les pudiques douleurs:
Tu cherches, dans l'effroi dont ton ame est saisie,
L'abri que de Junon t'offre la jalousie.
Une fausse pitié te voile son courroux.


Junon, prompte à soustraire aux yeux de son époux
La rougissante Hébé, qu'en secret elle attire,
Dans la nue avec elle aussitôt se retire:
Asyle reculé, profond, mystérieux,
Inaccessible à l'œil des hommes et des Dieux.


Ce fut là que Junon, sur un lit de nuages,
De la chûte d'Hébé contempla les outrages.
De ses bras douloureux, de ses genoux blessés,
Elle voit tous les lis par la rose effacés.
Son inquiète main la caresse, la touche;
Sur l'empreinte enflammée elle porte sa bouche,
Promène ses baisers, et sur tous ses contours
De ses doigts vagabonds dirige le secours.

Mais, ô brûlans effets des charmes qu'elle admire!
L'une et l'autre Déesse et se trouble, et soupire ;
Leur sein est embrasé d'un feu contagieux ;
La volupté languit et se pâme en leurs yeux.
Sur une même couche elles tombent, s'embrassent ;
Et resserrant les nœuds où leurs corps s'entrelacent :
« Quels feux! Ah! retiens-moi dans ces liens pressans! »
Dit Junon: « ô fureur! ô trouble de mes sens!
« Suis-je immortelle? non, et ma force abattue
« Succombe à ce plaisir qui me brûle, me tue.
« Ah! détache ces nœuds.... Que fais-tu? quel dessein
« Égare ainsi ta lèvre échappée à mon sein?
« Quels triples feux ensemble allument ton adresse!
« O leçons de Vénus! doux transport! folle ivresse!
« Sur ta bouche et tes yeux je sens mon ame errer,
« Et ma force, et ma voix, et mon souffle expirer [2]. »

    Telles qu'au même lit bordé d'aimables rives,
De deux sources on voit les Nymphes fugitives
Joindre leurs bras d'azur et l'amour de leurs eaux,
Frémir et murmurer à l'ombre des roseaux :
Telles, en leurs transports, leurs ames se mêlèrent ;
Telles, en leurs baisers, leurs plaintes s'exhalèrent.

    Mais, tandis que Junon brûle de feux si doux,
Amour, d'un trait de flamme, a blessé son époux.

    Jupiter, attristé par de soudains orages,
Fronce ses noirs sourcils chargés d'épais nuages.
Le puissant attribut de sa fécondité
Trois fois s'émeut, trois fois l'Olympe est agité.
Les soins de l'univers sont absens de sa tête :
Un seul objet y règne; et quel?..... Profane! arrête.

Est-ce à toi de juger combien des charmes nus
Doivent troubler les Dieux qui te sont méconnus?
Que de héros mortels, si grands dans la mémoire,
Pour un myrte ont foulé les moissons de la gloire!
Pardonne à Jupiter distrait par les plaisirs,
Ainsi qu'en son pouvoir, sans borne en ses desirs.

Pensif et retiré loin de la cour céleste,
Il languit pour ces lis dont l'image lui reste.
Amour, qui tient tendu son arc étincelant,
En dirige le trait immobile et brûlant.

C'est en vain que d'Hébé la vue imaginaire
Deux fois de ses secours lui prête la chimère;
Ses feux, loin d'être éteints, sont par elle attisés.
O puissance des Dieux par Vénus embrasés!

Que fera Jupiter? faut-il que d'une épouse
Il trompe ou fuie encor la poursuite jalouse?
Et veut-il pour Hébé, sujet de leurs débats,
Réveiller la Discorde et les sanglants combats?

Où trouver sous les cieux quelques beautés pareilles
A ces blanches rondeurs dont il vit les merveilles?
Pleins de trouble et d'ennui, ses yeux, au loin errans,
Fixaient le mont Ida, ceint de nombreux torrens;
Lorsque, sous un feuillage ouvert par intervalles,
Un dos que rehaussaient des nudités rivales [3],
Vint de leur double aspect frapper ses yeux surpris.
Quelle autre Hébé se montre à Jupiter épris?
Ah! dans le vaste Olympe il n'est rien qui ne cède
Au jeune fils de Tros! c'est lui, c'est Ganymède,

Qui seul, et sur des fleurs languissamment couché,
Y repose son front aux feux du jour caché.

Enfant cher à Diane, effroi des cerfs timides [4],
Qu'il presse de ses traits et de son pied rapides,
Souvent, tout hors d'haleine, il court dans les forêts
Qui du mont phrygien ombragent les sommets.
Son réveil matineux y devança l'Aurore,
Et Vesper, dans les bois, le revoit seul encore.

L'immortel Jupiter, le plus sage des Dieux,
S'enflamme à ces beautés offertes à ses yeux.

Il demande à l'Amour, et son arc, et ses ailes,
Et ses traits les plus sûrs, et des ruses nouvelles.

Paré de cornes d'or, et taureau caressant,
Ira-t-il sur l'Ida bondir en mugissant?
Faut-il, pour abuser l'enfant qu'il idolâtre,
Ou qu'en cygne argenté sur les eaux il folâtre,
Ou qu'en Nymphe trompeuse il le serre en ses bras?
Doux piége, qu'il tendit à la mère d'Arcas!
Changeant de traits, de forme, au gré de sa tendresse;
Peu honteux en son choix d'être amant ou maîtresse.

De ses fougueux desirs l'aveugle emportement
Déja s'est irrité d'un vain retardement.
Déja l'oiseau docile à son ordre suprême
Fond sur l'Ida, s'élance.... ou plutôt, c'est lui-même
Qui plane dans les cieux, pareil à l'aigle d'or.
Il a ses yeux perçans, ses ailes, son essor;
Et, fier du doux espoir dont se flatte son ame,
Porte, au lieu de la foudre, un aiguillon de flamme:

Il s'abat sur sa proie, et son vol déployé
Fuit, remonte enlevant Ganymède effrayé.


    Il crie, et lutte en vain entre sa double serre.
« Où suis-je? où vais-je? O Dieux! je ne vois plus la terre!
« Arrête, oiseau cruel! où veux-tu m'emporter?
« Sur quels rocs me dois-tu bientôt précipiter?
« Nul espoir! nul secours! et mes plaintes perdues
« Ne peuvent des mortels, hélas! être entendues.


    « Imprudent! me devais-je écarter, dans les bois,
« Des jeunes compagnons qu'eût appelés ma voix?
« O royaume de Tros! ô déplorable père!
« Recevez mes adieux! Cher Ilus! ô mon frère!
« Sais-tu que, par une aigle, enlevé dans les airs,
« Ganymède éploré franchit les cieux déserts;
« Que du terrible oiseau, plein d'orgueil et de joie,
« Le bec et l'ongle affreux tient captive sa proie?
« O honte! ô déshonneur, dont il m'ose flétrir!
« Est-ce un songe? est-ce moi? Que tardé-je à mourir?
« Dieux du ciel et du Styx, ô vous tous, que j'implore,
« Sauvez-moi! punissez l'aigle qui me dévore! »


    L'infortuné s'écrie; et l'oiseau ravisseur
Dépose le trésor dont il est possesseur
Sur le plus haut des monts dont l'ombrage paisible
Couronne de l'Ida la tête inaccessible :
Sommet toujours riant, toujours serein et pur,
Par les cieux éclairé d'un éternel azur.


    Ganymède expirait; mais, ô prompte merveille!
Comme en un songe heureux, aussitôt il s'éveille

Entre les bras du Dieu dont il entend la voix.


« Sors, lui dit Jupiter, du trouble où je te vois.
« Aimé du fils puissant de Saturne et de Rhée,
« Ta pudeur, à ma vue, est-elle rassurée?
« Obéis à mes vœux, Ganymède ! jamais
« Mortelle ou Déité n'eut pour moi tes attraits [5].
« Mon ame à tant d'amour ne fut point asservie,
« Ni lorsque je domptai la belle Hippodamie
« A qui Pirithoüs autrefois dut le jour ;
« Ni quand mon or surprit Danaé dans sa tour ;
« Ou que le bord crétois vit cette jeune amante
« Mère du grand Minos, du divin Rhadamanthe ;
« Ou que de mes amours naquit aux murs thébains
« Cet Hercule indompté, la gloire des humains ;
« Que Sémèle eut pour fruit ce Bacchus, leurs délices.
« Quand la blonde Cérès, objet de mes caprices,
« Quand la fière Latone écoutaient mes soupirs,
« Mon cœur n'éprouvait pas de si brûlans desirs. »


Il dit ; et dépouillant son antique parure [6],
L'Ida de ses gazons rajeunit la verdure.
Le lotos, l'hyacinthe, et mille tendres fleurs,
Tapis que la rosée émaille de ses pleurs,
Soulèvent mollement la couche parfumée,
Qu'environne aussitôt une nue enflammée.
Là, Ganymède acquit le titre glorieux
D'amant de Jupiter, et d'échanson des Dieux.

# NOTES

## DU POÈME TROISIÈME.

1  Βῆ δ' ἴμεν εἰς θάλαμον τον οἱ φίλος υἱος ἔτευξεν
   Ἥφαιστος, etc. (HOMÈRE, *Iliade*, liv. XIV, v. 166.)

2  ........ Τεθνακαι δ' ὀλίγον δεοισα
       Φαινομαι απνοις.     (SAPHO.)

3
     Ἁπαλων δ' υπερ τε μηρων
     Μηρων το πυρ ἐχονlων
     Ἀφελη ποιησον αιδω
     Παφιην γελυσαν ηδη.
       (ANACRÉON, *od.* 29, sur Bathylle.)

4  Intextusque puer frondosâ regius Idâ
   Veloces jaculo cervos cursuque fatigat.
       (VIRG. *Æneid.* lib. v, v. 253.)

5  Οὐ γαρ πωποlε μ' ωδε θεας ερος υδε γυναικος, etc.
       (HOMÈRE, *Iliade*, liv. XIV, v. 315.)

6  Τοισι δ' υπο χθων δια φυεν νεοθηλεα ποιην, etc.
       (*Ibid.* liv. XIV, v. 347.)

# VULCAIN,

## POÈME QUATRIÈME.

> Il n'est point de serpent, ni de monstre odieux,
> Qui, par l'art imité, ne puisse plaire aux yeux.
> (BOILEAU, *Art poétique*, ch. III.)

> . . . . . . . . . . Duris genuit te cautibus horrens
> Caucasus, Hyrcanæque admôrunt ubera tigres.
> (VIRGIL. *Æneid.* lib. IV, v. 366.)

O ROCHERS d'Hyrcanie! est-il vrai que vos ours,
Vos lions, vos serpens, goûtent dans leurs amours
D'affreux plaisirs mêlés et de sang et de larmes?

Aux antres de Lemnos, Amour forgeait ses armes;
Vénus en abreuvait la pointe d'un doux miel ¹,
Et son fils les trempait de poison et de fiel.

« Cupidon, eh pourquoi ces flèches différentes? »
Dit-elle. — « Celles-ci d'atteintes pénétrantes
« Aveuglent les regards rapidement blessés;
« Et, de leurs feux éteints aussitôt que lancés,
« Celles-là vont brûlant mille cœurs infidèles. »
Il les pare, à ces mots, d'un débris de ses ailes.
« Et ces traits, quels sont-ils? — Ceux de qui le poison,
« Du plus sage mortel égare la raison,

« Fait prendre un faux espoir sur de perfides gages,
« Et croire aux nœuds constans sur des sermens volages.
— « Et ces autres, mon fils? — Ceux de qui la tiédeur
« Rend aux amours vieillis quelques restes d'ardeur,
« Et dont par les ennuis les pointes émoussées
« Réveillent les langueurs de deux ames glacées.
— « Et ces autres encor? — Ceux qui de feux jaloux
« Font bouillonner le sang d'un amant en courroux,
« Et jettent sur son front la pâleur des Furies.

　« Enfin, charmant les sens d'atroces barbaries,
« En voici dont les dards brûlent ces cœurs affreux
« Que tourmente l'attrait des plaisirs douloureux,
« Et dont les voluptés, de fureur enivrées,
« Ensanglantent le sein des Grâces éplorées ².
« Un noir venin les trempe »... et l'enfant criminel
Les présente à sa mère avec un ris cruel.
Vénus, jetant un cri, s'enfuit épouvantée.

　Sous les humides flancs d'une roche voûtée,
Une riche fontaine attendait qu'en son sein
Elle vînt se livrer aux délices du bain.

　Les Grâces ont rompu de leur main diligente
Les nœuds qui soutenaient sa robe voltigeante;
Et telle qu'on la vit, au sein des flots amers,
Sur une conque d'or bercée au lit des mers,
Nue, elle s'abandonne à la Nymphe limpide.
L'onde qui la revêt de son crystal liquide,
Tempérée au doux feu de cèdres allumés,
Exhale la vapeur de ses flots parfumés :
Sous ses contours polis ils blanchissent, bouillonnent;
En cercles transparens autour d'elle rayonnent.

La Volupté tranquille y verse la douceur
De philtres amoureux qui pénètrent son cœur :
Il respire, pressé de battemens timides ;
L'azur de ses regards nage en des feux humides ;
Et, de leur aiguillon, les volages Desirs
Chatouillent sa mollesse et charment ses loisirs.

Elle quitte le bain. Une vapeur errante
Dans la grotte répand sa chaleur odorante,
Et, voilant de Vénus les charmes embellis,
Se joue et l'environne, en ses mouvans replis,
De mystère, d'erreurs et de vagues images.

Comme on voit dans les airs fuir de légers nuages,
Ainsi fuit la Déesse, et, plus promptes encor,
Ses colombes d'argent ont déja pris l'essor.

Mais Vulcain, tout noirci de cendre et de fumée,
Rentre, à pas inégaux, dans sa forge allumée ;
Lieu profond, habité de Cyclopes affreux.
Là, Bronte, et Pyracmon, Stérope aux bras nerveux [3],
Arment le triple foudre, aux Titans redoutable.
Au souffle mugissant d'Éole infatigable,
Le feu d'ardens brasiers croît ou se ralentit.
Sur les métaux domptés le marteau retentit :
L'antre enflammé vomit le fer de ses entrailles.
Le Dieu tient d'une main ses mordantes tenailles,
De l'autre il bat l'enclume à grand bruit résonnant,
Façonne l'or liquide et l'airain bouillonnant ;
Soit qu'à des Nymphes d'or, qu'il anime à sa flamme,
Son art donne la voix, le mouvement et l'ame ;
Qu'il forge ces trépieds, ouvrage étincelant,
Sur leur docile roue eux-mêmes se roulant [4] ;

Ou soit que, polissant l'égide de Bellone,
Il y grave la Peur, la Fuite et la Gorgone.


Maintenant, sur les murs de son palais d'airain,
Il trace en des lambris, merveilles de sa main,
Son enfance difforme, odieuse à son père,
Et bientôt dérobée aux regards de sa mère,
Qui le lance du ciel dans le sein de Téthys.
On voit ses jeunes ans dans l'abîme engloutis,
Que recèle Eurynome en ses grottes profondes [5];
Et l'Océan sur lui roulant ses vastes ondes;
Et ce siége vengeur, aux perfides ressorts,
Qui de Junon punie enchaîna les efforts;
Bacchus lui demandant sa prompte délivrance;
L'hymen dont Jupiter flatta son espérance;
Minerve, qu'il outrage et qui lutte en ses bras,
Disputant à ses feux ses sévères appas.
De sa virginité l'orgueil inaccessible
Oppose au Dieu brûlant sa froideur invincible,
Lui ferme tout passage en ses genoux pressés,
Et l'enflamme aux rigueurs de ses appas glacés.
Irrité de l'obstacle, il s'agite, il écume,
Aux chastes nudités s'embrase, se consume,
Et s'éteint, exhalant, sur ses charmes confus,
De fécondes ardeurs qu'égarent ses refus.
Elle fait éclater le dépit de son ame.
Son mépris jette aux vents les gages d'une flamme......
Dont Érichthonius, guidant le char des cieux,
Est, pour sa honte encor, le fruit injurieux.


Tandis qu'autour de l'âtre où le fer étincelle,
Des Calybes fumans il excite le zèle,

Il apperçoit un arc, un carquois, et des dards
Restés sur une enclume et sur la terre épars.


« Sont-ce là vos travaux, Cyclopes infidèles ?
« Vous forgez à l'Amour ces flèches criminelles
« Dont ma perfide épouse, au mépris de sa foi,
« A trop souvent armé ses charmes contre moi!»
Il dit, et jette au loin les flèches détestées ;
Mais, tournant contre lui leurs pointes empestées,
Deux de ces traits vengeurs punirent son courroux.


Quels effets! Quels transports féroces et jaloux
Soulèvent de ses sens les révoltes soudaines !
Il sent un fiel amer empoisonner ses veines ;
Il appelle Vénus, et son cœur palpitant
D'un courroux plein d'amour s'enflamme en un instant.
En sa prompte fureur s'il trouve la Déesse,
Il va de ses baisers ensanglanter l'ivresse......
Mais Vénus est absente, et l'insensé Vulcain
Dans l'antre abandonné court et la cherche en vain.


Telle qu'en son repaire, une hyène en furie,
Qui n'a plus retrouvé sa famille ravie,
Roulant autour de soi des regards irrités,
Perce d'horribles cris les bois épouvantés ;
Tel, égarant au loin sa poursuite jalouse,
Vulcain cent fois rugit le nom de son épouse.
Ses cris de la caverne ont percé les détours :
Écho lui répond seule, au creux des antres sourds.
Il se hâte, il s'irrite ; et pâlissant de rage :


« O colère! ô soupçon du plus indigne outrage !

« Infidèle ! quel lieu te cache en ce moment?

« Tu te ris d'un époux, aux bras de quelque amant,

« Vile Déesse ! ou Mars, ou Bacchus, ou Mercure,

« Déshonorent mon lit d'une nouvelle injure.....

« Qu'ai-je dit? Sais-je encor si tes feux criminels

« Ne te prodiguent pas au dernier des mortels?

« Les temples de Paphos, de Chypre, d'Amathonte,

« Coupables monumens élevés à ma honte,

« Disent tes trahisons, et quel impur encens

« Se plaît à respirer la fureur de tes sens.

« Ah! si je découvrais le rival que j'ignore;

« Tantale aux bords du Styx, où la soif le dévore,

« Ixion sur sa roue, expiant ses amours,

« Prométhée, aliment fécond pour les vautours [6],

« N'ont jamais aux enfers enduré le supplice

« Dont jouirait ma rage à punir ton complice! »

Il dit, quittant Lemnos, agité, furieux,

Et sur un char de flamme il monte dans les cieux.


Cruels momens perdus à suivre une infidèle!

Si l'Olympe n'a point de lieu qui la recèle,

Il ira, s'éclairant des torches d'Alecton,

La demander aux bords où commande Pluton.


Vénus ne descend point dans ces tristes abîmes!

La fougère, les bois, complices de ses crimes,

Douteux abri qu'Amour choisit pour ses desseins,

A l'Hymen vigilant cachent tous ses larcins.


C'est là que l'Immortel confondra la parjure;

C'est là qu'on lui dérobe une furtive injure.

« Visitons les déserts; puissé-je y rencontrer

« Ces amans que ma rage est prête à déchirer!

« Les antres n'auront pas de refuges si sombres,
« Que, pour les découvrir, je n'en perce les ombres !»

A ces mots, dépouillant et sa forme et ses traits,
Vulcain n'est plus un Dieu ; c'est l'horreur des forêts,
C'est un tigre ; il s'apprête à dévorer sa proie.

Cet espoir fait briller, aux rayons de la joie,
L'opale de son œil farouche et flamboyant.
Ses flancs marqués de feux, et son dos ondoyant ;
De ses ongles aigus la secrète menace ;
Son port, mélange affreux de douceur et d'audace ;
Ses pas souples et lents ; ses bonds impétueux,
Plus prompts que les replis d'un dragon tortueux ;
Sa rage tout-à-coup muette ou rugissante,
Aux rochers du Liban vont porter l'épouvante.

O Liban ! ô déserts renommés à jamais !
Vos bois navigateurs, vos odorans sommets,
Vos rocs touchant les cieux, et vos riches vallées,
Rassemblaient de Sidon les filles désolées,
Dont les pleurs et les voix célèbrent tous les ans
Le trépas d'Adonis et ses jours renaissans.

Son monument funèbre est sur un char d'ébène,
Que d'Amours affligés un tendre essaim entraîne.

Belle de sa douleur, auguste de son deuil,
Vénus, l'urne à la main, précède le cercueil.
Un long crêpe flottant la dérobe à la vue :
Son cothurne paraît ; sa gorge est demi-nue ;
Son sourcil immobile, élevé vers les cieux,
Sous le chagrin et l'ombre ensevelit ses yeux :

Telle qu'Aurore en pleurs, brillante de rosée;
Elle avance à pas lents, de larmes arrosée,
Et, languissante et pâle, est semblable à ces fleurs
Dont l'injure du soir efface les couleurs.
Des Nymphes de sa cour la foule est réunie.


Euterpe, aux doux accords de sa noble harmonie,
Conduit les chœurs sacrés, et mesure leurs pas :
Sur une lyre d'or s'arrondissent ses bras;
Le prélude éclatant dans les cordes résonne;
En ses yeux, sur sa tête, un feu divin rayonne;
Elle chante, et de l'aigle assoupi dans les cieux
Charme la foudre éteinte aux pieds mêmes des Dieux [7].


Elle chante Adonis, de qui la mort récente
Cause tous les regrets de Vénus gémissante.


Naguère de Diane illustre favori,
Aux périls de ses jeux ce héros aguerri
Signalait dans les bois son adresse intrépide.
Jeune et beau, c'est l'Amour sous les armes d'Alcide.


Un nuage, qui vole au gré d'heureux Zéphyrs,
Lumineux d'émeraude, et d'or, et de saphirs,
S'ouvre et descend Vénus sur de vertes collines.
Adonis, affrontant la pente des ravines,
Attaquait un lion, dominateur des bois;
Elle approche, l'appelle..... Il s'arrête à sa voix;
Un regard le captive; une force imprévue
L'enchaîne; il se prosterne, ébloui de sa vue.
Elle sourit, elle aime : il a lu dans ses yeux;
Ce n'est plus un mortel, c'est le rival des Dieux.

Cythérée abandonne et sa cour et son trone,
Ses îles, les bosquets où son fils la couronne.
Heureuse si, pour elle, en des transports si doux,
Le Temps ne fuyait point d'un vol prompt et jaloux;
Que des jours d'Adonis, malgré la Destinée,
Clotho filât toujours la trame fortunée!

    Prévoyante, inquiète, elle oppose ses lois
A son noble penchant de porter le carquois;
Et dérobant son arc à sa main désarmée :
« Qu'importe que Diane et que la Renommée
« Des hôtes des forêts te nomment le vainqueur?
« Ah! jamais ta beauté, qui séduisit mon cœur,
« N'adoucira l'abord menaçant et sauvage
« Du lion dont la faim s'assouvit de carnage ,
« Du hideux léopard, des panthères, des ours.
« Fuis leurs traces; ta vie appartient aux amours!
« Goûte en paix un bonheur qui sera mon ouvrage.»
Inutiles discours! son imprudent courage
Ne peut languir captif en de lâches loisirs :
Les travaux sont ses jeux, les dangers ses plaisirs.

    Il sait qu'en un repaire, au penchant des montagnes,
Habite un sanglier, la terreur des campagnes.
Sa double dent d'ivoire ouvre et bois et buissons ,
Fraye un passage affreux, fend les flots des moissons.
Sa course se trahit au bruit de ses ravages :
On investit par-tout ses retraites sauvages.
Sous l'épieu des chasseurs le monstre rugissant
Recule avec fureur et fuit en menaçant;
Il devance les chiens dont l'assaillit l'audace.
S'ils courent, plus hardis, haletant sur sa trace,

Terrible, il se retourne, et son poil hérissé
Brave leurs dents, la lance et le glaive émoussé.
Bel Adonis! tes jours vont payer ta victoire.
Ta main l'avait percé, quand du tranchant ivoire
L'atteinte vengeresse est entrée en ton flanc.
Tu meurs, hélas! la terre a déja bu ton sang.

Malheureuse Vénus! au moment qu'il expire,
Sa langue qui se glace, et sa voix qui soupire,
Dit encore, O Vénus! et, de sa plainte émus,
Les rochers du Liban redisent, O Vénus [8]!
Que de pleurs! que devint son amante divine?
Amers et vains regrets! La pâle Proserpine,
Rivale de Cypris, le reçoit dans ses bras.
Mais si de vieux récits ne nous abusent pas,
Ses cris ont demandé que l'enfer lui renvoie,
Et le Cocyte ému relâche enfin sa proie.

De là ces tristes jours suivis de jours heureux,
Cette pompe, ces chants, ce culte douloureux!
Souvenirs d'un héros que pleure la Syrie,
Jusqu'à l'heure où Vénus le rappelle à la vie.

Mais déja de l'Érèbe il est sorti vainqueur.
O Déesse! quel est le trouble de ton cœur!
Ta joie au sein du deuil qui voile tous tes charmes,
Tes yeux pleurant d'amour, souriant dans les larmes,
Délicieux torrens dont tu verses les flots,
L'ivresse et les transports mêlés à tes sanglots,
Ont du tendre Adonis ravi l'ame charmée.

Les Amours se jouaient sur l'herbe parfumée,

Voltigeaient à l'envi sous les verds arbrisseaux ;
Comme on voit, au printemps, un jeune essaim d'oiseaux,
Tout craintifs, et du nid doux et légers transfuges,
Battre de l'aile et fuir, volant à leurs refuges.

Soudain l'air est troublé par des rugissemens ;
C'est Vulcain ! il s'élance et fond sur ces amans.
Adonis en lambeaux redescend au Ténare,
Séparé de Vénus, dont le tigre s'empare.
Le Liban retentit des cris de la terreur :
Nymphes, bergers, tout fuit ; et le monstre en fureur
Traîne, en la déchirant, sa proie épouvantée.

Une vaste caverne, obscure, inhabitée,
Est creusée en des monts, vieil honneur des déserts,
Les flancs ceints de torrens, le front chargé d'hivers.
Leurs rochers, dont le Temps laisse pendre les cimes
Sur des gouffres béans, sur d'immenses abîmes,
Forment de sombres tours, de nocturnes abris,
Des noirs palais d'Écho silencieux lambris.
Une source, en cascade à grand bruit épanchée,
Descend du haut Olympe où son urne est cachée,
Et son crystal bleuâtre, étincelant et pur,
Couvre leur nudité d'un vêtement d'azur :
Elle écume ; et s'ouvrant des routes mugissantes,
Gronde, et roule aux enfers ses vagues blanchissantes.

Tel est le lieu sauvage où Vulcain te conduit,
Tendre Vénus ! déja les voiles de la nuit
Ont attristé le ciel, où s'allume un orage ;
Le ciel si favorable, alors que sans nuage
Brille Phébé, couvrant de ses rais lumineux
Des forêts, des buissons le dédale épineux !

# VULCAIN,

Ah! faut-il révéler ces terribles mystéres
Dont Vulcain effraya les rochers solitaires?

Dans l'antre où, plein de rage, il a traîné Cypris,
Les Amours ont jeté de lamentables cris;
La Dryade des monts a frissonné de crainte;
Éole soupirant a fait mugir sa plainte.

La Déesse ignorait que d'un tigre en courroux
L'enveloppe cachât son immortel époux.

Prêt à la déchirer, le monstre en sa colère
Disperse les débris de son deuil adultère.
Cent charmes, que le crêpe avait ensevelis,
De désordre, d'effroi, de pâleur embellis,
Prêtent leur doux éclat à la tendre victime.
Ses soupirs, ses sanglots, le dirai-je sans crime?
Du Dieu changeant soudain les fureurs en plaisirs,
Allument dans ses yeux de féroces desirs.
Tout-à-coup il rugit, il s'élance, et sur elle
Roule d'affreux regards où sa flamme étincelle.
Déja sa dent aiguë et ses ongles sanglans
Ont insulté son sein et pénétré ses flancs;
En proie aux feux cruels de son époux sauvage,
D'un douloureux hymen elle subit l'outrage.
Ses yeux, des doux plaisirs interprètes charmans,
Ses yeux n'expriment plus que d'horribles tourmens.
Tremblante, évanouie, et de larmes baignée,
Nue, aux pâles rayons de Diane indignée,
Elle charme le tigre épris de ses douleurs.
Il gronde, mord, déchire, et s'enivre de pleurs;
Sa langue les recueille, et flatte avec rudesse
Son beau col offensé de son âpre caresse.

L'Immortelle succombe, et croit, au rang des morts,
Voir la nuit de l'Érèbe, et le Styx et ses bords,
Et les tristes flambeaux des filles infernales,
Éclairant de son lit les voluptés fatales.


Tel qu'Ajax, tout couvert du sang qu'il a versé,
Veut échauffer un sein que l'horreur a glacé,
Cassandre, que flétrit sa rage meurtrière,
Lève ses yeux qu'en vain enflamme la prière,
Lève ses yeux au ciel; car les Grecs inhumains
Avaient de fers pesans chargé ses faibles mains [9] :
Le vainqueur, sur l'autel, tient la vierge attachée,
Et jouit en courroux de sa fleur arrachée !


Vénus ouvre les yeux..... O changement soudain !
Vulcain, le menaçant et terrible Vulcain,
Se dévoile et s'écrie : « O trop douces vengeances,
« Qui n'égaleront point mes maux, ni tes offenses !
« Ces barbares transports te semblent odieux :
« Mais quand, souillant mon lit d'amours injurieux,
« Ton ivresse infidèle excitait mes alarmes,
« Tes ris, non moins cruels, se raillaient de mes larmes,
« Et les emportemens de ton cœur égaré
« Se plurent aux douleurs dont j'étais dévoré.
« Ah ! la fureur du tigre attaché sur sa proie
« Est moins aveugle encor que cette atroce joie !
« Ces ongles, dont tes cris attestaient le courroux,
« Blessent moins que le trait qui perce un cœur jaloux ! »
Il dit; et sur Vénus.... Que vois-je ? ô Dieu barbare !....
Je frissonne.... l'horreur me saisit et m'égare....
Sombre Hécate, que suit le Mensonge et la Peur,
C'est toi qui m'as troublé d'une noire vapeur.

Mais l'Orient s'allume, et déja tu t'éveilles,
Aurore ! au pur éclat de tes couleurs vermeilles
Se dorent les vapeurs fuyant à tes regards.
Ta main a soulevé le voile des brouillards.
Des côteaux éclairés tu domines le faîte;
Et des lis sous les pieds, des roses sur la tête,
De perles rayonnante, humide encor de pleurs,
Tu t'avances; tes pas font éclore les fleurs.

Enflammez mes esprits d'un aimable délire,
Muses, et pardonnez aux crimes de ma lyre.

# NOTES

## DU POÈME QUATRIÈME.

1  Ἀκίδας δ' ἔβαπτε Κύπρις
Μέλι τὸ γλυκὺ λαβοῦσα.
(ANACRÉON, *ode* 45.)

2  Qu'il est affreux pour de si jeunes cœurs,
Pour des beautés si simples, si timides,
De se débattre en des bras homicides,
De recevoir les baisers dégoûtans
De ces félons de carnage fumans ! etc.
(VOLTAIRE, *Pucelle*, chant II.)

3  Ferrum exercebant vasto Cyclopes in antro,
Brontesque, Steropesque..... etc.
( VIRG. *Æneid.* lib. VIII , v. 424. )

4  Homère, *Iliade*, liv. XVIII.

5  Homère, *ibidem*.

6  Fecundum jecur.      (HORAT.)

7  Pindare, *Pyth. 1.*

8  Eurydicen toto referebant flumine ripæ.
(VIRG. *Georg.* lib. IV, v. 527.)

9  Ad cœlum tendens ardentia lumina frustra;
Lumina, nam teneras arcebant vincula palmas.
(VIRG. *Æneid.* lib. II, v. 405.)

DE L'IMPRIMERIE DE PLASSAN.